SUCCESSIONS

DE

Mme la Baronne et de M. le Baron P... Perignon ou Pichon

OBJETS D'ART

ET D'AMEUBLEMENT

Porcelaines de Sèvres, de Saxe, de Chine et du Japon

MEUBLES, BRONZES, MARBRES, LOUIS XVI ET EMPIRE

DIAMANTS, BIJOUX, ARGENTERIE

Importante Collection de Boutons anciens

TABLEAUX ANCIENS

LIVRES

COMMISSAIRES-PRISEURS

Me Jules BONNIN
Rue Taitbout, 62

Me G. DUCHESNE
Rue de Hanovre, 6

EXPERT : M. B. LASQUIN, rue Laffitte, 12

PARIS - 1896

IMPRIMERIE MAULDE ET RENOU

MAULDE, DOUMENC & Cie

IMPRIMEURS DE LA COMPAGNIE DES COMMISSAIRES-PRISEURS

Rue de Rivoli, 144. — Paris

CATALOGUE

DES

OBJETS D'ART

ET D'AMEUBLEMENT

Porcelaines anciennes de Sèvres, de Saxe, de la Chine et du Japon
Faïences, Biscuits, Pièces montées
Objets de vitrine, Boîtes, Miniatures, Curiosités, Marbres
Bronzes d'ameublement, Pendules et Candélabres Louis XVI et Empire
Beaux Meubles de salon de l'époque Louis XVI
Meubles anciens et de style

IMPORTANTE COLLECTION DE BOUTONS ANCIENS

DIAMANTS & BIJOUX

Environ 48 kilog. d'Argenterie

FOURRURES, DENTELLES

TABLEAUX ANCIENS, DESSINS

PAR BACKHUYSEN, CASANOVA, DE MARNE, DIÉTRICY
DROLLING, HUGTENBURG, VAN DER MEULEN, B. PETERS, VAN DER POEL
TAUNAY, D. TÉNIERS, VALLIN, J. VERNET, ETC.

Rideaux, Literie. Meubles divers, Vaisselle, Verrerie
Tapis d'Orient, Batterie de cuisine

VOITURES DE MUHLBACHER

Livres

LE TOUT DÉPENDANT DES SUCCESSIONS

De Mme la Baronne et de M. le Baron P...

ET DONT LA VENTE AURA LIEU, PAR SUITE DE DÉCÈS

HOTEL DROUOT — SALLE N° 6

Les Lundi 16, Mardi 17, Mercredi 18, Jeudi 19 et Vendredi 20 Novembre 1896

A DEUX HEURES

COMMISSAIRES-PRISEURS

Me Jules BONNIN
Rue Taitbout, 62

Me G. DUCHESNE
Rue de Hanovre, 6

Assistés de M. B. LASQUIN, Expert, rue Laffitte, 12

CHEZ LESQUELS SE TROUVE LE CATALOGUE

EXPOSITION PUBLIQUE

Le Dimanche 15 Novembre 1896

DE UNE HEURE ET DEMIE A CINQ HEURES ET DEMIE

CONDITIONS DE LA VENTE

Elle se fera au comptant.

Les Acquéreurs paieront CINQ POUR CENT en sus des adjudications.

L'Exposition mettant le public à même de se rendre compte de l'état des Objets, il ne sera admis aucune réclamation l'adjudication prononcée.

ORDRE DES VACATIONS

Lundi 16 Novembre, à **2** heures

Les LIVRES (*)

A **5** heures, dans la cour, les VOITURES

Mardi 17 Novembre, à **2** heures

BIJOUX, ARGENTERIE, PLAQUÉ. N°s 1 à 40 — 53 à 100

DENTELLES, FOURRURES

Mercredi 18 Novembre

GRAVURES, TABLEAUX. N°s 226 à 279 — 280 à 326

OBJETS DE VITRINE. N°s 41 à 52 — 328 à 356

LA COLLECTION DE BOUTONS

CURIOSITÉS. N°s 381 à 409

Jeudi 19 Novembre

PORCELAINES, BISCUITS, FAÏENCES. N°s 101 à 195 — 357 à 380

Vendredi 20 Novembre

VAISSELLE, VERRERIE

BRONZES MARBRES. N°s 196 à 224 — 410 à 419

MEUBLES. N°s 225 à 265 — 420 à 430

TAPIS ET RIDEAUX

(*) **NOTA** : Les Livres font l'objet d'un Catalogue spécial qui se trouve chez Mes J. BONNIN et G. DUCHESNE, Commissaires-Priseurs, et chez M. JEAN-FONTAINE, Libraire, boulevard Haussmann, 30.

MAULDE, DOUMENC et Cie, imprimeurs de la Cie des Commissaires-Priseurs, rue de Rivoli, 144. 800—61770

Succession de Mme la Baronne P...

DÉSIGNATION

DIAMANTS ET BIJOUX

1 — Rivière montée de cinquante-sept brillants, avec trente-sept brillants en pendentif et brillants sur les attaches.

2 — Parure en brillants forméede six étoiles de différentes grandeurs. *(Ce lot pourra être divisé.)*

3 — Deux Boutons d'oreilles macarons montés chacun de sept brillants.

4 — Bracelet forme serpent, orné de cinq émeraudes et brillants.

5 — Broche formée de deux macarons, montés chacun de quatre brillants et ornée de vingt autres petits brillants.

6 — Broche-Barrette ornée de vingt-quatre brillants et d'une perle.

7 — Broche ajourée en or émaillé blanc, ornée de quatre émeraudes, de sept brillants et de douze brillants plus petits.

8 — Bracelet en or émaillé, orné d'un cabochon, de vingt-huit roses et de roses plus petites.

9 — Bague ornée d'un saphir et de quinze petits brillants.

10 — Broche feuillage montée de neuf petites perles et de vingt-quatre petits brillants.

11 — Parure en or, comprenant : une broche avec pendentifs, ornée de sept perles, de petits brillants et d'améthystes.

12 — Bague ornée de six brillants.

13 — Bague ornée de six petites turquoises.

14 — Bracelet en or monté de cinq brillants.

15 — Petite Épingle forme fer à cheval, montée de douze petits brillants.

16 — Broche forme serpent en or tenant un pendentif, formée de deux perles baroques et de deux petits rubis.

17 — Petite Cassolette en or émaillé, ornée de deux petit rubis cabochons.

18 — Montre de dame, à remontoir, en or, avec chainette ornée de perles.

19 — Montre de *Lépine*, à fond émaillé, entourée de perles.

20 — Parure de vingt-deux Boutons anciens, montés de strass.

21-40 — Divers Bijoux d'or ornés de pierres et de perles: Croix normande, Pendentifs, Broches, Bagues, Bracelets, Boutons d'oreilles, Colliers, Parures.

OBJETS DE VITRINE

41 — Boite ovale en cristal à monture en or ciselé, de l'époque Louis XVI.

42 — Boite Louis XVI, en ivoire, avec miniature et une Boîte ornée d'une mosaïque.

43 — Flacon à odeur, avec monture en or gravé.

44 — Boite Louis XV, en cuivre doré.

45 — Boite ronde en filigrane d'argent.

46 — Étui en ivoire sculpté.

47 — Socle en spath-fluor.

48 — Deux pièces : Petite Boite formée d'un groupe : Berger et Moutons, en vieux Saxe, et un petit Flacon à odeur : Enfant dénichant un nid.

49 — Dessus de boite en émail de Saxe, à sujet chinois.

50 — **Petit Cabinet** japonais en ivoire incrusté.

51 — Un Éventail Louis XVI, orné de paillettes, avec feuille peinte à la gouache, sur monture d'ivoire.

52 — Quatre Éventails modernes.

ARGENTERIE

Environ 48 kilog. d'argenterie, telle que :

53 — Aiguière et son Bassin en vermeil ciselé, du temps de l'Empire, à figures et couronnes en relief, l'anse de l'aiguière formée de dauphins.

54 — Moutardier en argent estampé, de style Louis XVI.

55 — Nécessaire de voyage avec garniture en argent guilloché.

56 — Une Saucière et trois doubles fonds.

57 — Corbeille à pain en argent repoussé et ajouré, de forme ovale à deux anses.

58 — Une Chocolatière avec Pot à lait.

59 — Une Théière genre Louis XV.

60 — Quatre Plats longs, six Plats ronds style Louis XV, à bordure contournée à moulures.

61 — Deux Légumiers avec double fonds et séparation style Louis XV.

62 — Une Ménagère genre Louis XV à six flacons et nu Couvercle de beurrier en argent, la verrerie de cristal à guirlandes de fleurs en dorure.

63 — Un Flacon à thé, un Porte-Rôties.

64 — Deux Cafetières.

65 — Deux Fonds de plats.

66 — Trente-six Cuillers, soixante-douze Fourchettes de table.

67 — Soixante Cuillers. vingt-quatre Fourchettes à entremets.

68 — Quarante-huit Cuillers à café.

69 — Six Cuillers à compote, deux Cuillers à sucre, deux Pinces à sucre.

70 — Douze Cuillers à café en vermeil gravé.

71 — Une Pince à asperges, quatre Cuillers à sauce.

72 — Deux Cuillers à potage.

73 — Un Manche à gigot, six Brochettes.

74 — Dix-huit Fourchettes à huitres.

75 — Six Pelles à sel argent, trois Cuillers à moutarde en vermeil.

76 — Deux Moutardiers, huit Salières, huit Cuillers à sel.

77 — Quinze Pièces à hors-d'œuvre.

78 — Une Pelle à glace, une Truelle à poisson, un Couvert à salade.

79 — Six Fourchettes à huîtres à manche d'ivoire.

80 — Douze Fourchettes à melon.

81 — Soixante-douze Couteaux de table, à manche d'argent.

82 — Vingt-quatre Couteaux à dessert argent, vingt-quatre autres à lame d'acier.

83 — Soixante-douze Couteaux de table à manche d'ivoire.

84 — Douze Couteaux à dessert à manche d'ivoire et lame d'argent, douze autres à lame d'acier.

85 — Vingt-quatre Couteaux à dessert à lame et manche d'argent, vingt-quatre autres à lame d'acier.

PLAQUÉ ET MÉTAL ARGENTÉ

86 — Grande Corbeille de style Louis XV à contours en cuivre ciselé et argenté à pieds volutes, feuillages et figures d'amours.

87-99 — Bouilloires, Théières, Sucriers, Plateaux de service, Légumiers, Corbeilles à pain, Ménagères, Plats, Cloches, Réchauds, en plaqué et métal.

100 — Corbeille de table en métal argenté.

DENTELLES ET FOURRURES

PORCELAINES DE SÈVRES, DE SAXE
BISCUITS

101 — Belle Écuelle et son Plateau à deux anses, en ancienne porcelaine tendre de Sèvres, décor de Buteux fils, 1781, consistant en médaillons de fleurs réservés sur une bande bleue rayée d'or et bordée de rangs de perles se détachant sur fond vert. Le fond du plateau orné d'un bouquet de roses et de bleuets dans un disque de perles et de festons de lauriers.

102 — Tasse droite et une Soucoupe en ancienne porcelaine tendre de Sèvres, décor de Aloncle, 1771, fond gros bleu à médaillon d'oiseaux voltigeant, avec encadrement en dorure.

103 — Tasse droite et sa Soucoupe en ancienne porcelaine de Sèvres, pâte tendre, décor de Niquet, 1763, à bandes verticales de roses et de bleuets alternant avec des lignes brisées en bleu, rouge et dorure.

104 — Tasse et sa Soucoupe en vieux Sèvres, pâte tendre, décorée de cartouches contournés réservés en blanc et or sur fond bleu, offrant alternativement des feuillages rouges et des branches de lauriers. Année 1765.

105 — Tasse et sa Soucoupe en vieux Sèvres, pâte tendre, décor de Noel, 1775, à réseau bleu et or contenant des roses et des myosotis.

106 — Tasse à piédouche et sa Soucoupe en vieux Sèvres, pâte tendre, fond gros bleu avec bande de roses et de bleuets enroulés sur fond blanc et encadrements de dorure. Décor de Tandart, dorure de Vincent. Année 1790.

107 — Tasse et sa Soucoupe en vieux Sèvres, pâte tendre, fond rose haché de bleu et d'or, ornée d'un médaillon de paysage avec oiseau. Décor d'Evans, 1761.

108 — Tasse et sa Soucoupe, fond turquoise, à médaillon de fleurs encadré d'or.

109 — Deux tasses et leurs Soucoupes en ancienne porcelaine de Sèvres, pâte dure, deux Soucoupes et une Salière de décors variés.

110 — Sucrier ovale en vieux Sèvres, pâte tendre, décoré de fleurs en couleurs et hachures en bleu. Il est monté en cassolette en bronze doré.

111 — Petit vase ovoïde en porcelaine de Sèvres bleu turquoise, monté en cassolette à piédouche et deux anses en bronze ciselé et doré.

112 — Groupe de deux Enfants moissonneurs en porcelaine tendre bleu turquoise rehaussée de dorure.

113 — Deux Vases-Cassolettes, l'un en porcelaine gros bleu avec monture Louis XVI, en bronze doré, l'autre en porcelaine bleu turquoise garni d'une monture analogue.

114 — Écritoire en porcelaine décorée, genre Sèvres, montée en bronze et deux petites Coupes en porcelaine et bronze.

115 — Service à thé en porcelaine de Sèvres, année 1847, décor de feuilles de lierre en dorure. Il est composé de douze Tasses avec Soucoupes, un Sucrier, un Bol et un Pot à lait.

116 — Joli Groupe en vieux Saxe : Jeune Femme assise près d'un arbre, décorant de fleurs le chapeau que lui présente un jeune Galant ; terrasse rocaille.

117 — Groupe en vieux Saxe : Allégorie de la Peinture et de la Sculpture sous deux figures d'enfants.

118 — Deux Chevaux au galop sur des nuages, en vieux Saxe, à rehauts d'or.

119 — Petit Groupe en vieux Saxe : Amour taillant son arc.

120 Pendule dont le mouvement est supporté par un palmier reposant sur une terrasse rocaille en bronze doré, où reposent également deux figurines de négrillons en vieux Saxe.

121 — Deux Girandoles Louis XV, à deux lumières, en bronze doré, à ornements rocaille et feuillages garnis de fleurettes et d'une figurine d'acteur en vieux Saxe.

122 — Petite Figurine d'acteur en vieux Saxe dans un bosquet Louis XV, en bronze doré.

123 — Trois petits Plateaux forme coquille en vieux Saxe, décoré de fleurs.

124 — Écuelle à couvercle en vieux Saxe, décorée de quatre médaillons d'oiseaux dans des encadrements de verdure et de fleurs. Les deux anses sont formées

de branchages et le bouton du couvercle d'une fleur, elle est montée en cassolette en bronze doré de style Louis XIV.

125 — Belle Écuelle ronde avec couvercle et une Assiette en ancienne porcelaine de Saxe, à riche décor rehaussé de dorure offrant des sujets de figures orientales et des ports de mer très finement peints.

126 — Tasse et sa Soucoupe en vieux Saxe, fond doré avec deux médaillons : Combat de cavaliers et Scène militaire peints en couleurs et deux petits sujets en camaïeu violet. La Soucoupe représente une Halte de cavaliers au centre et quatre petits sujets en camaïeu violet.

127 — Pot à crème à trois petits pieds griffes de lion, anse et couvercle, en vieux Saxe, à riche décor, offrant deux sujets de figures dans des ports de mer encadrés d'entrelacs en rouge et dorure.

128 — Petite Écritoire en vieux Saxe composée d'une feuille avec trois citrons adhérents formant godets et garnie d'une monture en bronze ciselé et doré de l'époque de Louis XV, à draperies, têtes et griffes de lions.

129 — Seau à fleurs en vieux Saxe décoré de myosotis en couleurs, alternant avec des fleurs gaufrées, sous émail, garni d'une monture ancienne à deux anses de feuillages en cuivre doré.

130 — Écuelle avec couvercle en vieux Saxe, décorée en camaïeu carmin de médaillons, de paysages avec figures et encadrements en dorure.

131 — Deux Légumières ovales avec Plateaux et couvercles surmontés de figurines en ancienne porcelaine de Saxe.

132 — Boite à savon de forme ovale, à deux petites anses et à couvercle surmonté d'une fleur, en vieux Saxe, à bordure gaufrée et décor de fleurs.

133 — Boite à savon en vieux Saxe décorée de fleurs.

134 — Deux petites Coupes formées de feuilles contournées, à une anse, en porcelaine de Hochst.

135 — Petite Lanterne en cuivre avec tige de feuillages ornée de fleurettes de Saxe.

136 — Six Assiettes en porcelaine tendre, à décor de fleurs en camaïeu lilas et bordure bleu turquoise rehaussée d'or.

137 — Soupière en porcelaine de Saxe, à anses et bouton du couvercle formés de légumes.

138 — Cafetière en ancienne porcelaine de Frankenthal, décorée d'un sujet de cinq figures.

139 — Canette en porcelaine de Saxe décorée de fleurs et du chiffre A. H. G. couronné.

140 — Grand Bol à six lobes et un Plat octogonal en ancienne porcelaine de Saxe, décor de fleurs.

141 — Broc et sa Cuvette en ancienne porcelaine d'Orléans, décoré d'un semis de roses.

142 — Quatre Consoles-Appliques en porcelaine de Saxe, à feuillages détachés.

143 — Diverses pièces en porcelaine de Saxe et autres : Flacons, Pièces de cabarets, Boites, etc.

144 — Statuette de Femme en porcelaine moderne de Saxe.

145 — Deux jolis Bas-Reliefs rectangulaires en ancien biscuit de Sèvres, représentant : l'un *la Toilette de Vénus*, l'autre *le Triomphe d'Amphitrite*, se détachant en blanc sur fond bleu.

146 — Groupe en ancien biscuit de Sèvres : *l'Amour et Psyché.*

147 — Groupe en biscuit Louis XVI : *Vénus, Adonis et l'Amour.*

148 — Deux Groupe en biscuit Louis XVI : *le Galant Jardinier, le Berger couronné.*

149 — Groupe en biscuit : *Vénus, Adonis et l'Amour.*

150 — Groupe en biscuit : *la Mort de Clorinde,* avec socle en porcelaine fond gros bleu et or, portant la marque de la fabrique du duc d'Angoulême.

151 — Deux Statuettes de Femmes en biscuit : l'une tenant un livre, l'autre une colombe.

PORCELAINES DE CHINE ET DU JAPON

152 — Vase sphérique en ancienne porcelaine bleue fouettée de Chine, garni d'une monture de style rocaille en bronze.

153 — Une Potiche et deux Cornets à renflement médian, en porcelaine de Chine émaillée en couleurs sur fond noir, à décor d'arbustes, fleuris et réserves. Montures genre Louis XVI, en bronze doré.

154 — Grande Potiche couverte en ancienne porcelaine de Chine fond gros bleu, décorée d'ornements en dorure.

155 — Grande Potiche analogue à la précédente, celle-ci garnie d'une monture à deux anses, têtes de satyres et gorge ajourée en bronze doré.

156 — Trois Potiches en vieux Japon à décor bleu, rouge et or, de fleurs et d'arbustes.

157 — Deux Potiches à huit pans en porcelaine ancienne du Japon, à décor bleu, rouge et or, de chrysanthèmes, oiseaux et chimères en relief, garnies de montures en bronze doré.

158 — Deux Potiches en vieux Japon bleu, rouge et or, à réserves symétriques offrant des paysages, entourées de chrysanthèmes.

159 — Deux Vases carrés en porcelaine de Chine, décorés de sujets à manderins émaillés en couleurs, socles et couvercles en bronze doré.

160 — Grand Cornet en ancienne porcelaine du Japon, à décor bleu, à fleurs arabesques, lambrequins et paysages. Monture en bronze doré.

161 — Vase en porcelaine du Japon, à décor bleu à fleurs, garni d'une monture à anses et galerie en bronze doré de style chinois et reposant sur un trépied en bois noir et or.

162 — Deux Aigles perchés sur des rochers, en ancienne porcelaine de Chine, les corps des oiseaux émaillés en rouge, les rochers en couleurs.

163 — Deux Plats ronds en ancienne porcelaine de Chine, à décor en rouge de fer et or rehaussé de vert, offrant au centre un cavalier et divers personnages dans un paysage, et sur la bordure quatre sujets réservés sur fond vermiculé à chrysanthèmes et feuillages.

164 — Deux très grands Plats en vieux Japon, décorés en bleu, rouge et or d'un arbuste dans un vase au centre, entouré de huit palmettes de fleurs sur la bordure.

165 — Potiche couverte en ancienne porcelaine du Japon, à décor bleu offrant un paysage animé de figures, garnie de quatre têtes de chimère en relief, formant attaches d'anneaux.

166 — Grand Plat en vieux Japon, à large décor en bleu, rouge et or, offrant au centre un vase de fleurs.

167 — Paire de Potiches en vieux Japon, décorées en couleurs, de six compartiments, offrant des oiseaux et des fleurs.

168 — Deux Figures de Femmes debout en porcelaine du Japon, décorées en couleurs et reposant sur des socles en bronze.

169 170 — Deux Paires de vases balustres en porcelaine de Chine flambée violet, une paire est garnie de gorges en bronze doré.

171 — Deux Vases ovoïdes en vieux Chine, décorés en couleurs de figures et d'arbustes. Les couvercles surmontés de chimères.

172 — Deux petits Crachoirs en ancienne porcelaine du Japon, fond bleu fouetté, rehaussé de dorure avec réserves à fleurs en rouge de fer sur fond blanc.

173 — Quatre pièces : deux Flacons en vieux Japon, décor bleu, un Flacon à thé et un Sucrier, en porcelaine de Chine émaillée.

174 — Trois Bols de forme hexagonale avec Plateaux et Couvercles en vieux Japon, à décor bleu, rouge et or, à lambrequins.

175 — Coupe ronde en ancienne porcelaine de la Compagnie des Indes, décor à mandarins, sur pied triangulaire en bronze doré.

176 — Deux Bouteilles en ancienne porcelaine de Corée, décorées en couleurs de chimères, d'oiseaux et de rochers fleuris.

177 — Soupière et Plateau en ancienne porcelaine de la Compagnie des Indes, décor à figures.

178 — Deux Chimères en terre de Chine, émaillée en couleurs.

179 — Petit Sucrier en porcelaine de l'Inde, monté en bronze.

180 — Une Coupe en Japon montée en bronze, une Coupe et deux Boîtes, en porcelaine de Canton.

181 — Une Corbeille ovale en porcelaine de l'Inde.

182 Deux Vases en porcelaine de Chine moderne.

183 Une Coupe en porcelaine du Japon à pied triangulaire en bronze.

184 Autre Coupe en Japon avec monture genre Louis XVI, en bronze.

FAIENCES

185 Vase à panse ovoïde en ancienne faïence de Nevers, fond bleu, décoré de feuillages et de fleurs en émail blanc et jaune d'ocre. Il est monté en aiguière en bronze doré.

186 Porte-Huilier en ancienne faïence de Moustiers, à galerie ajourée, décoré de fleurs en couleurs.

187 Plateau rond en faïence de Palissy : Persée délivrant Andromède.

188 Plat rond en vieux Rouen, décor polychrome à guirlandes au bord et corbeille de fleurs au centre.

189 Plat en faïence de Delft, décor en couleurs avec figures d'Amour au centre.

190 Grand Plat en faïence de Rouen, à décor bleu, à rosace au centre, disque et lambrequins.

191 Grand Plat en faïence de Rouen, chargé d'un décor bleu rayonnant à guirlandes de fleurs et lambrequins.

192 — Jardinière en ancienne faïence décorée de paysage en bleu.

193 — Coupe en faïence italienne dans un cadre rond en bois noir et or.

194 — Broc en verre de Bohême émaillé à figures d'électeurs, avec couvercle en vermeil.

195 — Coupe à couvercle et Plateau en verre de Bohême doré.

MARBRE

196 — Beau Buste de Femme souriant et tenant un crayon à dessin. Marbre du temps de l'Empire.

BRONZES

197 — Deux belles Statuettes en bronze du XVIIIe siècle, à patine brune : *Le Rémouleur* et la *Vénus accroupie* d'après l'Antique. Elles sont montées sur socles en bronze ciselé et doré à moulures et feuilles d'eau.

198 — Pendule de l'époque Louis XVI au nom de *Ridel, à Paris.* Le mouvement visible, en cuivre émaillé bleu et étoilé d'or, repose sur quatre petits fûts en marbre blanc et marque sur divers cadrans les phases de la lune, les quantièmes, les mois et les

saisons. Il est renfermé dans une cage vitrée, en bronze doré à rangs de perles avec socle en marbre blanc orné d'une frise d'Amours en bronze ciselé et doré.

199 — Deux jolis Candélabres de l'époque Louis XVI, composés chacun d'une statuette de Nymphe drapée en bronze, à patine brune, supportant un bouquet de rinceaux à 6 lumières (dont 3 rapportées), en bronze ciselé et doré, fûts cannelés en marbre blanc avec tore de lauriers.

200 — Pendule Louis XVI, en forme de fronton, contenant le cadran au nom de *Manière, à Paris*, orné de draperies dorées et supporté par deux Femmes en bronze patiné, assises sur une base ornée d'une frise de jeux d'enfants. Socle en marbre blanc.

201 — Deux Candélabres Louis XVI, à six lumières, composés chacun d'un groupe de deux Femmes drapées en bronze patiné supportant un vase avec rinceaux. Socle entouré d'une frise de Nymphes en bas-relief.

202 — Pendule Louis XIV et son socle de suspension en marqueterie de cuivre et d'écaille ornée de bronzes et surmontée d'une figure de Renommée.

203 — Pendule du temps de l'Empire en bronze doré au mat et bronze vert représentant une Bacchante couchée sur un lit de repos.

204 — Deux Candélabres de l'époque de l'Empire composés chacun d'une figure de Femme drapée à l'antique, debout, en bronze, tenant des deux mains un vase d'où s'échappent quatre branches porte-

lumières en bronze doré. Socles formés de fûts en marbre vert et bronze doré.

205 — Pendule Louis XVI, en marbre blanc et bronze doré, le mouvement reposant sur deux chiens couchés et surmonté d'une figure d'Amour sur un nuage.

206 — Deux petits Chenets Louis XV à feuillages et figures d'enfants, en bronze doré.

207 — Lustre de style Louis XVI, en bronze doré.

208 — Deux Vases en porcelaine gros bleu, montés en cassolettes à piédouche, anses têtes de lions et couvercle à feuillages, en bronze ciselé et doré.

209 — Deux Coupes rondes en porphyre rouge oriental, avec montures en bronze ciselé et doré, à anses et piédouche sur fûts et socles de même matière.

210 — Pendule style Louis XVI, en bronze. Le cadran supporté par un éléphant.

211 — Deux Flambeaux Louis XVI, en bronze doré à tige, balustre à cannelures.

212 — Deux Bouts-de-Table, style rocaille, en bronze doré et un Bougeoir.

213 — Deux Bouts-de-Table genre Louis XVI, en bronze ciselé et doré.

214 — Coupe ovale en agate, avec monture genre Louis XVI, en bronze doré.

215 — Guéridon à trépied en bronze doré, à griffes de lion, avec dessus et tablette d'entrejambe en granit gris.

216 — Guéridon à trépied en fer et bronze verni rouge et doré.

217 — Paire d'Appliques à cinq lumières, en bronze doré, de style Louis XVI.

218 — Guéridon à trépied griffes de lion et balustre, en bronze doré, de l'Empire.

219 — Écritoire de style Louis XVI, en marbre noir garni de bronze doré.

220 — Deux petits Bougeoirs Louis XVI, en bronze doré à tige évidée à range de perles.

221 — Écritoire style Louis XV, en bois et bronze doré, de forme triangulaire.

222 — Écritoire Louis XVI, en marbre bleu turquin, à rangs de perles.

223 — Une paire d'Appliques à deux lumières et une paire de Flambeaux, style rocaille, en bronze doré.

224 — Girandoles et Flambeaux pieds découpés, de divers styles, en bronze doré.

MEUBLES ANCIENS ET MODERNES

225 — Beau Baromètre Louis XVI, en bois finement sculpté et doré, de forme ronde. Le cadran entouré d'une couronne de roses entre deux moulures ; il est surmonté des attributs de l'Amour et d'une draperie

avec nœud de ruban. La partie inférieure est ornée de deux guirlandes de fleurs soutenant un écusson sur lequel deux cœurs enflammés.

226 — Trois Fauteuils et un Canapé de l'époque Louis XVI, portant la marque de *A. Gaillard*, riche modèle à dossier médaillon, bras à torsades en spirales, pieds et montants cannelés, ornés de feuillages et de tresses, en bois sculpté et doré, avec garniture d'ancienne soierie brochée.

227 — Deux petits Canapés et quatre Fauteuils de même modèle que les précédents, garnis de satin vert; ceux-ci ont été redorés.

228 — Quatre Fauteuils de l'époque Louis XVI, en bois sculpté et doré, portant la marque de *A. Gaillard*, à pieds et colonnettes cannelés, ornés de rais de cœurs, de feuilles d'acanthe et de rosaces.

229 — Quatre Fauteuils et six Chaises de même modèle que les précédents, garnis de satin vert, ceux-ci ont été redorés.

230 — Deux Chaises-Fumeuses de même ornementation et garniture.

231 — Une Chaise-Fumeuse semblable, en bois peint en blanc, dans son état ancien.

232 — Deux Fauteuils Louis XVI, en bois noir rehaussé de dorure, garnis de brocatelle à rayures jaune et rouge.

233 — Chaise longue en deux parties, de l'époque Louis XV, en bois sculpté, à contours et laque blanc.

234 — Chaise bidet Louis XV, garnie de canne.

235 — Bois de Fauteuil Louis XVI, peint en blanc.

236 — Deux Bois de Sièges en X du temps de l'Empire, en bois doré, à pieds griffes de lion et rosace.

237 — Lit Louis XVI, en bois sculpté et rehaussé de dorure, à montures oves, godrons, etc., garni d'étoffe, avec baldaquin.

238 — Vitrine à hauteur d'appui en bois marqueté à fleurs.

239 — Cabinet à deux corps, le haut vitré, en bois de noyer marqueté d'étain, garni de bronzes, moulures, écoinçons et mascarons.

240 — Cabinet Louis XIII, plaqué d'écaille et incrusté d'ivoire, ouvrant à deux portes.

241 — Petite Pendule Louis XIV et son socle de suspension en marqueterie de cuivre et d'écaille, ornée de bronzes à volutes, feuillages et cariatides.

242 — Beau Meuble de style Louis XVI, dit Bonheur-du-Jour, à pieds fuselés et cannelés, la partie supérieure a trois tablettes de brocatelle richement ornée de cariatides et de moulures en bronze ciselé et doré (de chez *Winkelsen*).

243 — Console de même style.

244 — Ameublement de salle à manger en bois d'acajou, à panneaux saillants et fines moulures, orné de bronze doré, composé d'un Buffet à trois portes, une Table sur un pied, un Dressoir, une Table-

Servante et dix Chaises couvertes de drap rouge (de chez *Winkelsen*).

245 — Quatre Chaises légères, style Louis XVI, en bois doré, garnies de soierie.

246 — Sièges de fantaisie et deux Tabourets de pieds en bois doré, soierie et tapisserie.

247 — Deux Torchères à trépieds volutes, style Louis XIV, en bois doré.

248 — Petite Table style Louis XIV, en bois doré.

249 — Table forme rognon, en thuya et amarante, genre Louis XVI.

250 — Armoire style Louis XIV, en bois noir, ornée de moulures de bronze et de filets de cuivre.

251 — Bureau plat style Louis XIV, en bois noir, orné de bronzes, chutes à mascarons têtes de femmes, avec quart de rond en cuivre.

252 — Console Louis XVI, en acajou, à pieds cannelés et fines moulures, garnie de bronzes et à dessus de marbre blanc.

253 — Écran Louis XV, en bois doré, avec feuille en broderie japonaise.

254 — Petit Écran à deux feuilles en soierie Louis XV, brochée à fleurs.

255 — Étagère genre Louis XVI, en bois noir rehaussé d'or, à colonnettes et draperies.

256 — Console d'angle, style Louis XVI, en bois

sculpté et doré, à guirlandes de fleurs, piastres et feuillages.

257 — Lanterne chinoise hexagonale en bois sculpté, avec verres à sujets peints en couleurs.

258 — Deux Vitrines en bois noir.

259 — Deux Coffrets anciens garnis d'ornements de cuivre.

260 — Étagère d'encoignure ancienne.

261 — Coffret vénitien en os sculpté et incrustations à figures en bas-relief.

262 — Glace à bordure bois doré, à feuillages et figures d'Amours.

263 — Glace style Louis XIII, à fronton, garnie de cuivre estampé.

264 — Meubles divers à tous usages, Glaces, Suspensions.

265 — Tentures et Rideaux de soie, Tapis et Carpettes d'Orient.

TABLEAUX

266 — **Beyeren** (Attribué à). *Poissons et plat de Moules sur une table.*

267 — **Cassas** (1781). *La Place Saint-Pierre, à Rome. — Ruines romaines près du Colisée.* Deux grandes aquarelles.

268 — **Clerisseau.** *Ruines romaines avec figures. — Les Thermes de Caracalla.* Deux grandes gouaches.

269 — **Heem** (D. de). Nature morte : *Jambon, Hareng, Raisin, Citron, Orfèvrerie* et *Corbeille de fruits sur une table.*

270 — **Hondekoeter** (D'après). *Renards et Volatiles.*

271 — **Héda** (Attribué à). Nature morte : *Poissons, Pain, Pot et Cruchons de grès, Plats d'étain et Ustensiles sur une table.*

272 — **Monnoyer** (Attribué à B.). *Fruits et Fleurs sur une console avec tapis.*

273 — **École italienne.** *Fruits et Gibier. — Bouquet de fleurs dans un vase.* Deux pendants.

274 — **École française.** *Paysage historique avec Port de mer.*

275 — **École française.** *Chèvres et Moutons.*

276 — **École française.** *Jeune Femme en buste.* Petite peinture ovale.

277 — **École hollandaise.** *Enfant faisant des bulles de savon.* Petite peinture ovale genre de Netscher.

278 — **École hollandaise.** *Portrait d'Homme en buste.* Petite peinture ovale.

279 — Deux Gravures coloriées : *Paysages d'Egypte.*

Vaisselle et Verrerie. Service de table en porcelaine à filets or et porcelaine décorée.

Batterie de cuisine en cuivre.

VOITURES

Coupé de *Muhlbacher*, peint en marron, garni de drap.

Victoria de *Muhlbacher*, garnie de drap marron.

Omnibus peint marron, rechampi jaune et garni en drap.

Coupé de même couleur, garni en cuir.

Charrette peinte en marron, rechampi blanc.

NOTA : Les voitures seront vendues dans la cour de l'Hôtel des Ventes, *le lundi 16 novembre*, à cinq heures.

Succession de M. le Baron P...

DÉSIGNATION

TABLEAUX, DESSINS, GRAVURES

280 — **Backuysen.** *Bateaux de pêche en mer.* Forme ovale.

281 — **Brauwer** (Attribué à). *Joyeux Buveur.* Petite peinture forme ronde.

282 — **Casanova.** *Combat de Cavaliers.* Deux petits dessins à l'encre de Chine.

283 — **De Marne.** *Débarquement des Pêcheurs sur la plage.*

284 — **Dietricy.** *Paysage avec cascade et groupe de bergers. — Paysage avec ruines et figures de muletiers.*

285 — **Drolling.** *La Laitière.*

286 — **Dupuis-Colson.** *Baigneuse.*

287 — **Dupuis-Colson.** *Deux Chiens de chasse.*

288 — **École française** (XVIIe siècle). *Petit Portrait d'une Dame de qualité.* Époque Louis XIV. Cadre en bois sculpté.

289 — **École française** (XVIIIe siècle). *Bouquets de fleurs dans des vases.*

290 — **École française.** Deux petites gouaches de forme ronde : *Paysage* et *Pêcheurs.*

291 — **École française.** *Ronde d'Enfants.* Dessin et *Portrait de Femme de l'époque de Louis XVI.* Dessin au crayon.

292 — **Frère** (Théodore). Vues de Constantinople : *La Corne d'or et l'Eglise Sainte-Sophie.* Deux dessins.

293 — **Hugtemburg.** *Attaque d'un Convoi dans un paysage avec rochers.*

294 — **La Fontaine** (1791). *Deux Intérieurs d'Églises.* (Dans le genre de P. NEEFS.)

295 — **Le Prince** (J.-B.). *Les Bergers.* Dessin à la sépia.

296 — **Mario di Fiori.** *Fleurs dans des vases.* Deux pendants.

297 — **Mérimée.** *L'Innocence.*

298 — **Meulen** (Van der). *Combat de cavalerie, l'Attaque d'un pont.*

299 — **Peters** (B.). *Port de mer avec château-fort sur un rocher.*

300 — **Poel** (Van der). *L'Alchimiste.*

301 — **Pol** (Van). *Rose sur une table.* Peinture sur marbre.

302 — **Poelemburg.** *Baigneuses.*

303 — **Rottenhamer.** *L'Age d'or. — Diane et Actéon.* Deux pendants.

304 — **Ruysdaël** (Attribué à J.). *Le Chemin creux.* Paysage avec figures.

305 — **Schalken.** *Nymphe endormie.*

306 — **Taunay.** *La Charrette des blessés.*

307 — **Téniers** (David). *La Vue.* Paysan debout tenant un livre, derrière lui une vieille femme dans l'embrasure d'une porte. Petit tableau provenant du cabinet de la Comtesse de Verrue, gravé.

308 — **Téniers** (David). *Saint Antoine en prière, dans une grotte.*

309 — **Téniers** (Attribué à). *Femme tenant un verre.*

310 — **Vallin.** *Baigneuses. — Les Trois Grâces.* Gracieuse composition.

311 — **Vernet** (Signé Joseph). *Pêcheur et Pêcheuse dans une crique.*

312 — **Wouwerman** (Attribué à). *Le Maréchal-ferrant.*

313 — **Wouwerman** (Attribué à). *Deux Cavaliers et Baigneurs.*

314 — **Wouwerman** (Attribué à). *Le Retour à la ferme.*

315-318 — **Divers.** Neuf petites Peintures : Portraits des XVIIe et XVIIIe siècles, Fleurs et Paysages.

319 — Quatorze Gravures anglaises en couleurs. Sujets de Sport.

330 — Deux Gravures en couleur : Portrait de Necker, par SERGENT et Portrait de Valentin Hauy.

321-325 — Dix-sept petites Gravures anciennes : Portraits et Sujets. Pièces d'après DROUAIS, etc.

326 — Trois Gravures encadrées d'après VIDAL, une Eau-Forte : Intérieur de Palais.

IMPORTANTE COLLECTION

DE

BOUTONS ANCIENS

Cette Collection se compose d'environ **4,000 Boutons différents,** depuis l'époque gallo-romaine jusqu'à la fin du premier Empire, et présente un très grand intérêt au point de vue de l'histoire du costume.

Elle comprend principalement des boutons des XVIIe et XVIIIe siècles en toutes matières et de toutes formes et a été décrite et étudiée dans plusieurs articles publiés dans des revues ou des journaux français.

Attendu son importance et l'intérêt qu'il y a à ce que cette Collection ne soit pas dispersée, elle sera mise en vente dans son ensemble et sur la mise à prix de **sept mille francs**.

MINIATURES, OBJETS DE VITRINE

328 — Deux Miniatures sur vélin, signées CHALON, 1722 : Paysages maritimes avec figures.

329 — Miniature sur vélin, attribuée à VAN ORLEY, représentant Artémise.

330 — Miniature en grisaille, genre de SAUVAGE : *Offrande à Pan.*

331 — Cinq petits Fixés de forme ronde : Sujets divers.

332 — Miniature ovale : Portrait de Femme de l'époque Louis XVI.

333 — Miniature en grisaille : Portrait d'un Personnage Louis XIV.

334-335 — Quatre Miniatures : Portrait d'Homme Louis XV, Cupidon, Joueuse de harpe et Tête de Vierge.

336-340 — Six Boîtes en émail de Saxe du XVIIIe siècle, dont une simulant une Tête de Sanglier.

341 — Boîte rectangulaire en cristal gravé avec monture à charnière en or.

342-344 — Onze pièces : Objets de vitrine. Étuis couverts en émail, Boîtes, Navette, Verre gravé, etc.

345 — Petit Coffret clouté d'acier, avec sujets en biscuit de Wedgwood.

346 — Un petit Cabinet en ébène, garni de cuivre et une petite Boîte en broderie.

347 — Vingt-huit Médaillons : Figures, Sujets et Fleurs en biscuit de Wedgwood, appliqués sur fond de velours.

348 — Deux Bas-Reliefs de l'époque Louis XVI, en marbre sculpté, sujets antiques, dans deux cadres à guirlandes.

349 — Deux Plaques en émail de Saxe, dans des cadres anciens et deux Médaillons ronds en métal gravé et colorié du xviiie siècle.

350-353 — Brasero en cuivre émaillé de Chine, fond vert d'eau, une petite Coupe en émail cloisonné et un Vase en bleu turquoise sur une étagère en bois de fer.

354 — Bas-Relief : *L'Ivresse de Silène*, en marbre blanc.

355 — Sujets de quatre Figures en ivoire.

356 — Cadre contenant huit pièces : Médaillons et Plaques gravées en ivoire.

CÉRAMIQUE

357 — Bas-Relief rectangulaire, en biscuit de Sèvres, représentant Guillaume Tell.

358 — Deux Plats en faïence de Delft, à décor bleu, de style chinois.

359 — **Deux Plaques rectangulaires en ancienne faïence de Castelli : Paysages avec figures et châteaux.**

360 — Deux Plaques ovales en faïence verte, réprésentant l'une la figure de l'Afrique, l'autre un Bouquet de fleurs.

361 — Une Potiche en faïence de Delft, deux Canettes et deux Brocs en faïence allemande et de Rouen.

362 — Deux Plaques en faïence de Delft, décor camaïeu violet : *La Nativité* et *la Résurection.*

363 — Grand Plat en porcelaine du Japon, décor bleu, rouge et or.

364-380 — Six Cruchons en grès allemand. Environ quarante pièces : Plateaux, Plats, Assiettes en faïences diverses d'Italie et à reflets.

CURIOSITÉS

381 — Petit Miroir dans un cadre Louis XV, en bois finement sculpté, agrémenté de deux têtes de cariatides supportant un vase de fleurs.

382 — Madone en ivoire sculpté, de travail espagnol du XVIIe siècle.

383 — Deux petites Madones en buis sculpté, du XVIIe siècle.

384 — Deux Figures d'Anges en bois sculpté et peint, du XVIIe siècle, avec supports-appliques ornés de figures d'enfants en bronze, du XVIIIe siècle.

385 — Six Images russes, volets de triptyque en cuivre, contenues dans deux cadres.

386 — Petit Coffret Louis XIII en ébène, avec sujet en marqueterie à l'intérieur.

387 — Coffret espagnol en fer peint, à figures.

388 — Différents Objets de curiosité : Plaque de serrure en fer, Plaque en cuivre gravé, Coffrets, etc.

389-390 — Cinq Plateaux ronds en cuivre repoussé et cinq Couvercles de bassinoires de différentes époques.

391 — Deux petits Plateaux ovales et une Lampe à huit becs en cuivre repoussé.

392-394 — Vingt et une Pièces : Plateaux et Médaillons en cuivre et en étain.

395 — Un Samowar et onze Pièces : Aiguières, Encensoirs et Lampe en cuivre et étain.

396 — Une Fontaine avec bassin, deux Bassinoires et et un Plateau ovale en cuivre rouge repoussé.

397 — Cinq Pièces encadrées : Bas-Relief en albâtre du XVIIe siècle, *la Source* ; deux Médaillons Bustes d'Hommes, un Dessus de Boîte en ivoire et un Médaillon en porcelaine de Capo di Monte.

398 — Quatre Dessins anciens : Tête d'Homme, Figure allégorique, Bataille et Ruines.

399 — Trois Mouchettes anciennes, deux Plateaux, deux Boites en cuivre gravé, deux coupes ovales en cuivre.

400 — Haut-Relief : *La Bonne Aventure*, cire peinte du XVIIe siècle.

401 — Émail de Nouailher : Saint Joseph.

402 — Cinq Têtes en terre cuite, peinture italienne.

403 — Différents Objets d'étagère.

404 — Deux petits Panneaux en chêne sculpté du XVIIe siècle : *La Résurrection* et *le Calvaire*.

405 — Devant de Coffre Louis XIII en bois sculpté, à deux médaillons-bustes.

406 — Deux Marteaux de portes en fer forgé, XVIe siècle, fixés sur panneaux.

407 — Deux Écussons armoriés, peints sur fond vert.

408 — Petite Lampe de suspension Louis XIII, en cuivre repoussé.

409 — Petit Panneau de tapisserie à mascarons et feuillages du XVIIe siècle, et un petit Panneau en broderie de soie.

MARBRE ET BRONZES

410 — Statuette d'Enfant bacchant debout portant du raisin dans sa chemisette. Marbre blanc. Signé GAUTIER. Une statuette analogue à celle-ci figurait à la vente Secrétan, sous le n° 209 du Catalogue.

411 — Pendule à cage de l'époque Louis XVI, au nom de *Martinet, à Paris*, composée de cinq cadrans, marquant les jours, les quantièmes, les saisons et les phases de la lune, appliqués sur un mouvement en cuivre orné d'une guirlande de feuillages en bronze doré.

412 — Petite Pendule de l'époque Louis XVI, en bronze ciselé et doré : Bacchus enfant à califourchon sur un tonneau. Socle en marbre blanc.

413 — Cartel Louis XVI, en bronze doré à guirlandes de lauriers et vase.

414 — Deux paires de Flambeaux en cuivre.

415 — Pendule Louis XIII, dite Religieuse, plaquée d'écaille et ornée de bronzes.

416 — Deux Bustes en bronze : Racine et Corneille.

417 — Deux Bustes de Démosthène et Cicéron.

418 — Encrier en bronze italien, supporté par trois volutes à mascarons et à couvercle surmonté d'une figurine d'enfant, et une Sonnette en bronze italien à ornements et sphinx. XVIe siècle.

419 — Deux Lions couchés en cuivre, provenant de chenets Louis XIII, et deux Boutons de portes formés de têtes drolatiques en bronze.

MEUBLES

420 — Cabinet Louis XIII, en bois d'ébène marqueté à motifs de fleurs en couleurs. Il présente quatre rangs de tiroirs avec tabernacle au centre, à fond de glace et orné de colonnettes torses dorées ; support de même style à huit pieds.

421 — Petit Cabinet Louis XIII, de forme carrée, en bois de noyer, offrant à l'intérieur un portique et un double fond garni de tiroirs, ainsi que des ornements et un dallage marquetés.

422 — Couvercle de Coffre italien, du XVIIe siècle, en bois gravé.

423 — Cabinet à douze panneaux de tiroirs et deux Portes en bois marqueté à figures et animaux, sur table support.

424 — Petit Écran en broderie Louis XVI, à bouquet de fleurs.

425 — Petite Armoire Louis XIII, à deux portes, en noyer sculpté, à encadrement de palmettes et d'une bande d'enroulements.

426 — Horloge ancienne dans sa gaîne à moulures.

427 — Meuble à deux corps en ébène gravé.

428 — Quatre corps de Bibliothèque en bois noir, à portes grillagées, deux à deux portes et deux à une porte.

429 — Petite Vitrine en bois noir.

430 — Meubles divers à tous usages.

RED. :

22

MIRE ISO N° 1
NF Z 43-007
AFNOR
Cedex 7 - 92080 PARIS-LA-DÉFENSE

www.ingramcontent.com/pod-product-compliance
Ingram Content Group UK Ltd.
Pitfield, Milton Keynes, MK11 3LW, UK
UKHW021036180726
13838UKWH00004B/1842